JOSEFINA APRENDE UNA LECCIÓN

UN CUENTO DE LA ESCUELA

VALERIE TRIPP

VERSIÓN EN ESPAÑOL DE JOSÉ MORENO
ILUSTRACIONES JEAN-PAUL TIBBLES
VIÑETAS SUSAN MCALILEY

PLEASANT COMPANY

Published by Pleasant Company Publications

For information, address: Book Editor, Pleasant Company Publications, 8400 Fairway Place, P.O. Box 620998, Middleton, WI 53562.

First Edition (Spanish).
Printed in the United States of America.
97 98 99 00 01 02 RND 10 9 8 7 6 5 4 3 2 1

PERMISSIONS & PICTURE CREDITS
Grateful acknowledgment is made to the following for permission to quote previously published material: p. 44—Enrique R. Lamadrid (excerpt from "Las mañanitas/Little morning song" in *Tesoros del espíritu: A portrait in sound of Hispanic New Mexico,* University of New Mexico Press, © 1994 Enrique R. Lamadrid); p. 59—University of Oklahoma Press (verse published in *The Folklore of Spain in the American Southwest,* by Aurelio M. Espinosa, edited by J. Manuel Espinosa, © 1985 University of Oklahoma Press, Norman, Publishing Division of the University).

The following individuals and organizations have generously given permission to reprint illustrations contained in "Looking Back": pp. 66-67—Brooklyn Museum of Art 41.1275.167 (writing desk); Benemérita Universidad Autónoma de Puebla (silabario); Museum of New Mexico (inkwell); pp. 68-69—documents from Spanish Archives of New Mexico, Series II, #137b, #160, #1249, New Mexico State Records Center & Archives (signatures); Museum of New Mexico, neg. #147058 (girl sewing); courtesy George Ancona, Santa Fe, NM (man and boy working); pp. 70-71—courtesy, The Bancroft Library, University of California, Berkeley (musician).

Designed by Mark Macauley, Myland McRevey, Laura Moberly, and Jane S. Varda
Art Directed by Jane S. Varda
Translated by José Moreno
Spanish Edition Directed by The Hampton-Brown Company

Library of Congress Cataloging-in-Publication Data

Tripp, Valerie, 1951-
Josefina learns a lesson: a school story / by Valerie Tripp;
Spanish version by José Moreno;
illustrations, Jean-Paul Tibbles; vignettes, Susan McAliley. — 1st ed.

p. cm. — (The American girls collection)
"Libro dos"—p.1 of cover.
Summary: Josefina and her sisters distrust learning to read and write, as well as other changes their Tía Dolores is bringing to the household, because they fear they will lose their memories of their mother.

ISBN 1-56247-497-9 (pbk)
[1. Ranch life—New Mexico—Fiction. 2. Mexican Americans—Fiction. 3. Sisters—Fiction. 4. Aunts—Fiction. 5. New Mexico—History—To 1848—Fiction. 6. Spanish language materials.]
I. Moreno, José. II. Tibbles, Jean-Paul, ill. III. McAliley, Susan. IV. Title. V. Series.
[PZ73.J749 1997] [Fic]—dc21 97-19799 CIP AC

PARA MI MADRE,
KATHLEEN MARTIN TRIPP
CON CARIÑO

Al leer este libro, es posible que encuentres ciertas palabras que no te resulten conocidas. Algunas son expresiones locales, que la población de habla española usaba, y usa aún hoy, en Nuevo México. Otras son usos antiguos que alguien como Josefina y su familia habría utilizado en el año 1824. Pero piensa que, si dentro de dos siglos alguien escribiera una historia sobre tu vida, es probable que nuestra lengua le resultara extraña a un lector del futuro.

Contenido

La familia de Josefina
y sus amigos

Capítulo uno
Luces y sombras 1

Capítulo dos
De frazadas a borregas 19

Capítulo tres
El chamizo 35

Capítulo cuatro
Amor primero 47

Un vistazo al pasado 65

La familia de Josefina

EL PADRE
El señor Montoya, que guía a su familia y dirige el rancho con callada fortaleza.

ANA
La hermana mayor de Josefina, que está casada y tiene dos hijitos.

JOSEFINA
Una niña de nueve años con un corazón y unos sueños tan grandes como el cielo de Nuevo México.

FRANCISCA
La segunda hermana. Tiene quince años y es obstinada e impaciente.

CLARA
La tercera hermana. Tiene doce años y es práctica y sensata.

LA TÍA DOLORES
La hermana de la madre. Ha vivido diez años en Ciudad de México.

TERESITA
Criada de la tía Dolores y una excelente tejedora.

CAPÍTULO

UNO

LUCES Y SOMBRAS

—¡Pero qué linda estás, María Josefina! —exclamó alegremente la tía Dolores.

—Gracias —le dijo Josefina sonrojándose pero con una sonrisa.

La niña se alisó la larga falda de su vestido nuevo. La tela de algodón le pareció suave y ligera. Después se puso de puntillas y giró como una bailarina, sólo por el puro placer de dar vueltas. Estaba muy orgullosa de aquel vestido al que acababa de coser el dobladillo. Nunca había tenido un traje con aquel talle alto de estilo tan nuevo y elegante. La tía Dolores les había regalado unas telas a sus cuatro sobrinas. La de Josefina tenía bandas estrechas y diminutas moras sobre un hermoso fondo amarillo. Ella la había cortado siguiendo las enseñanzas de su madre y, sin ayuda de nadie, había cosido todo el traje puntada a puntada. Mientras la niña giraba, el fuego de la chimenea proyectaba una estampa de luces y sombras que pasaba por el vestido como un revuelo de pájaros.

Josefina dejó de dar vueltas y suspiró con serena satisfacción. Aquella lluviosa tarde de octubre, Josefina y sus tres hermanas mayores —Ana, Francisca y Clara— cosían frente a la chimenea de la sala. La tía Dolores las ayudaba. Todas gozaban del agradable calor y los destellos juguetones que despedían las llamas. Fuera caía una lluvia fuerte y constante, pero dentro se estaba muy a gusto. Los gruesos muros de adobe encalado que las aislaban del frío adquirían con la lumbre un resplandor rojizo.

Dolores estaba sentada junto a Clara y la aconsejaba afectuosamente: —No pongas una hebra tan larga en la aguja porque se te puede enredar.

—¿Te acuerdas, Clara, de lo que decía mamá? —preguntó Josefina con gesto risueño—. "No dejes el hilo largo, que por la punta lo atrapa el diablo."

Las cuatro hermanas asintieron sonriendo y la tía Dolores dijo: —Recuerdo que su madre me decía eso cuando aprendíamos a coser siendo jovencitas.

Dolores también sonreía, pero en la tristeza de sus ojos Josefina vio que echaba mucho de menos a su hermana. La madre de Josefina había muerto algo más de un año antes, y sus cuatro hijas pensaban cada día en ella con amor y añoranza. Cada día trataban de hacer las tareas domésticas como su madre las había enseñado. Cada día intentaban ser tan respetuosas, trabajadoras y obedientes como ella hubiera deseado. Cada día recordaban sus sabios refranes y sus divertidas canciones. Y cada día la tenían presente en sus oraciones.

A lo largo del año que siguió a la muerte de su madre, las cuatro hermanas se habían esforzado con empeño por manejar la casa. Luego, a fines de verano, la tía Dolores les había hecho una visita. Iba de camino a Santa Fe, adonde regresaba tras haber vivido diez años en la Ciudad de México. Durante su estancia, las jóvenes se dieron cuenta de lo mucho que necesitaban a alguien como ella, a

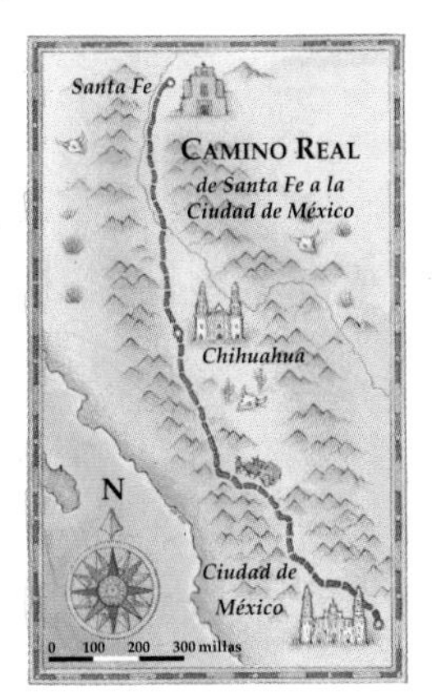

alguien que las ayudara y aconsejara como antes había hecho su madre. Dolores aceptó amablemente la propuesta de pasar una temporada en el rancho. Después partió a Santa Fe, donde permaneció un mes con sus padres. Pero mantuvo su promesa y volvió con su criada Teresita a tiempo para ayudar en la cosecha. Ya llevaba allí dos semanas y Josefina estaba muy contenta.

Mientras acortaba la hebra, Clara examinó el vestido de Josefina, su hermana menor: —A ese traje le sacarás mucho provecho —dijo con la sensatez y la franqueza que la caracterizaban—. Ha sido una buena idea hacerlo tan largo, porque ansina no se quedará chico cuando crezcas.

—¿De verdad? —preguntó Josefina observando su dobladillo—. ¿Es demasiado largo?

—Nada de eso, es perfecto —contestó la bondadosa Ana, que era la mayor de las cuatro y la única casada—. Has hecho un buen trabajo y además has terminado antes que nosotras.

Ella ni siquiera había empezado su traje, pues había preferido hacer primero unos chalecos para sus dos hijitos.

Francisca, la segunda en edad, lanzó un enorme

suspiro y dijo: —A mí me falta un buen trecho. Tengo aún mucha labor por delante.

—No deberías haber elegido un patrón tan complicado —le dijo Clara punteando la tela con su afilada aguja.

Dolores le había regalado a Francisca un breviario de costura donde se mostraban los estilos que estaban de moda en la Ciudad de México, y cada una de sus sobrinas había escogido un patrón. El vestido que Clara estaba haciendo era sobrio y sencillo. Ella estaba orgullosa de ser una persona práctica, y a menudo se sentía en la obligación de recalcarlo cuando alguien no lo era. Ese alguien solía ser Francisca.

Francisca, que había escogido un patrón muy elaborado, había emprendido entusiasmada la tarea, cortando enérgicamente la tela mientras hablaba sin parar sobre el maravilloso vestido que iba a tener. Pero el lento trabajo de coser aquellas piezas la aburría. Cada puntada iba acompañada de una queja: —Si nadie me ayuda con estas interminables costuras —decía ahora mirando de reojo a su tía—, no acabaré nunca mi traje.

Josefina observó esa mirada. Francisca quería que su tía cosiera por ella, pero Dolores siguió con su propia labor sin inmutarse. Ni siquiera habló cuando Francisca volvió a suspirar ruidosamente. Josefina no se sorprendió. Durante las dos semanas anteriores había comprobado que su tía Dolores estaba siempre dispuesta a ofrecer ayuda o consejos, pero no a hacer las tareas de sus sobrinas.

Pocos días antes, Josefina había estado trabajando con ella en el arriate del patio trasero donde crecían las flores plantadas por su madre. Dolores le mostró cómo debía preparar las matas para el invierno. Primero la enseñó a podar los tallos muertos y a cubrir la tierra con hojas para protegerla del hielo y la nieve. Luego observó con atención a su sobrina para asegurarse de que ésta hacía las cosas del modo adecuado. Dolores fue muy servicial, pero dejó claro que las flores eran responsabilidad de Josefina: —Has de saber cuidarlas tú sola para cuando yo me marche —le dijo—. Confío en ti y sé que lo conseguirás.

Dolores se esforzaba en enseñar y esperaba que sus sobrinas se esforzaran en aprender: —Nuestra energía y nuestro talento —les decía— son mercedes que el Señor nos ha concedido para que hagamos buen uso de ellas.

Josefina pensaba a veces que la tía Dolores tenía quizás *demasiada* confianza en su capacidad. Nada más regresar al rancho había hecho instalar en la sala el piano que había traído desde la Ciudad de México. Como Josefina deseaba vivamente aprender a tocarlo, Dolores empezó a darle clases. La niña descubrió enseguida que extraer música de aquel instrumento era mucho más difícil de lo que parecía. Pero Dolores nunca escatimaba las palabras de ánimo, nunca desistía por muy torpe que fuera Josefina con las teclas.

Francisca frunció el ceño, sacudió su tela y, con gran alarde, la sostuvo a contraluz entornando los ojos sin dejar de coser.

Clara miró el dobladillo que Francisca cosía:
—¡Pero mira esas puntadas! —exclamó—. Son demasiado grandes.

Su hermana se encogió de hombros y contestó:
—Sujetarán igual el vestido.

—Ésa no es la cuestión —dijo Clara—. La cuestión es que se *ven* horribles.

—¡Ay, Clara! —replicó Francisca, malhumorada—.

¡La costura va por dentro! Nadie la verá.

—¡Sí que la verán! —intervino Josefina, a quien disgustaban mucho las riñas de sus hermanas—. Ningún vestido gira como el tuyo en un baile, Francisca, y a nadie admiran más.

Josefina entonó entonces una de las canciones favoritas de su madre y se puso a dar vueltas por la sala imitando las danzas de Francisca. —¿No ves la costura del dobladillo? —preguntó.

Dolores, que también conocía aquella tonada de baile, se dirigió al piano y empezó a tocarla. Ana y Clara se unieron con sus voces y batieron palmas al compás de la música. Francisca trataba de contener una sonrisa, pero cuando Josefina pasó ante ella con los brazos abiertos, apartó con alegría la aguja y el hilo y se alzó de un brinco. Las dos hermanas bailaron por el cuarto, pasando una vez y otra frente al fuego de la chimenea.

rebozo

Ana y Clara no tardaron en unirse al baile, y Dolores siguió tocando animadamente. El rebozo resbaló de sus hombros y su oscura cabellera adquirió un brillante tono rojizo a la luz de las llamas.

Dolores tocaba con tal energía, eran tan fuertes las risas y las voces de las cantantes, que ninguna oyó abrirse la puerta. Pero sin duda se había abierto, pues Josefina descubrió de pronto a su padre zapateando al ritmo de la música. El señor Montoya contempló el baile de sus hijas mientras duró la canción.

Cuando por fin terminaron, se cruzó los brazos sobre el pecho y las regañó con enojo fingido: —O sea, ¡que aquí se baila y no se cose! —trataba de parecer severo, pero en sus ojos se delataba la alegría— ¿Quién dio principio a este fandango?

—Fui yo, papá —contestó Josefina con las mejillas encendidas, y casi sin aliento—. ¡Festejaba que he acabado mi vestido!

—¡Bien! —exclamó el señor Montoya—. ¡Y por cierto que es hermoso!

—Gracias —respondió Josefina mientras lo alisaba con las dos manos—. La tela ha venido de muy lejos. Tía Dolores nos la dio.

—¡Qué detalle! —dijo el señor Montoya, y dirigiéndose a Dolores añadió—: Eres muy gentil con mis hijas. Te lo agradezco.

Se notaba que Dolores estaba complacida: —Mi padre compró la tela este verano en Santa Fe a unos comerciantes de los Estados Unidos —dijo—. Traían todo género de mercaderías: herramientas, prendas, papel, tinta...

—¡Y unas telas lindísimas! —añadió alegremente Josefina.

—En efecto —dijo su padre—. Ya me han platicado de los americanos y del camino que siguen hasta aquí. Arribaron por vez primera a Santa Fe hace tres años. Antes tenían prohibido venir a Nuevo México —parecía serio y pensativo—. Ojalá sea buena cosa el comercio con ellos. He oído mentar que esos comerciantes precisan mulas de carga y por ende estoy criando unas cuantas; pienso llevarlas a Santa Fe el próximo verano. Podría venderlas o trocarlas por herramientas y otras cosas que nos hacen falta en el rancho. Sería un trato provechoso.

—¿Podremos acompañarlo a Santa Fe, papá? —preguntó Josefina.

—Tal vez —respondió el señor Montoya sonriendo al verla tan ilusionada—. Mas ahora creo que todas deberían acostarse. Yo me voy a la aldea.

—¿Con esta tormenta? —preguntó Ana.

—Precisamente por la tormenta —contestó su padre poniéndose el sombrero—. Quiero asegurarme de que Magdalena está bien.

Magdalena era la hermana del señor Montoya; tenía bastantes más años que él y vivía sola en la aldea a aproximadamente una milla del rancho.

—El tejado de su casa no es demasiado firme y vive cerca del río. Me inquieta que venga una crecida. La lluvia suele ser una bendición, pero no es normal que caiga con tanta fuerza en esta época del año y eso puede acarrear más de un contratiempo.

Josefina escuchaba. Habían hecho tanto ruido que nadie se había dado cuenta del furioso silbido

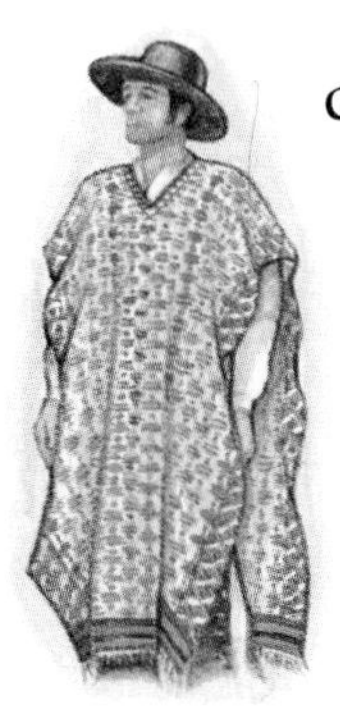

sarape

del viento ni de aquel aguacero cada vez más intenso. Observó como su padre se cubría con su sarape de lana. Ni siquiera esa prenda podría protegerlo en una noche como aquélla. La niña lo miró con gesto angustiado.

—¡Ea, Josefina! ¡No tengas cuidado! —dijo el señor Montoya con su voz grave y alentadora—. Nuestra casa está muy arriba del río. El Señor velará por ustedes y, además, aquí está su tía Dolores para cuidarlas.

—Sí, papá —respondió Josefina—. Pero si el río se desborda...

—Tenemos toda la cosecha a salvo —dijo su padre—. Si es necesario, llevaremos los animales a un lugar más elevado. Ahora vengan a darme las buenas noches antes de que me vaya.

Las muchachas se arrodillaron frente a su padre juntando las palmas y los dedos como en un rezo. El señor Montoya las bendijo una a una y besó sus manos. Después sonrió con ternura contemplando los rostros alzados de sus cuatro hijas: —Acuéstense —les dijo—. Mañana veremos un cielo azul.

Dolores abrió la puerta: —Que Dios te acompañe —le susurró.

El señor Montoya asintió con la cabeza y se adentró en la noche de lluvia y viento.

❋

Aunque el señor Montoya le había dicho que no se preocupara, Josefina estaba inquieta. Las pieles de oveja que le servían de lecho eran cálidas, suaves y cómodas, pero no conseguían calmar la ansiedad que la mantenía despierta. Escuchaba tumbada boca abajo con los puños apretados contra la barbilla. El viento se embravecía por momentos, y rugía y bramaba arrojando agua contra el tejado y los muros de la casa como si intentara derribarla con su furia. La violencia de la tempestad estremecía a la niña. *Te ruego, Señor, que no le ocurra nada a papá,* rezaba. Esperaba que esas súplicas protegieran a su padre y se alegraba de no poder conciliar el sueño.

Así pues, Josefina seguía despierta cuando la campana de la iglesia repicó en plena noche. Su agitado *talán, talán* vibraba entre las ráfagas de la tempestad. Era un sonido débil y lejano pero constante. Josefina comprendió que se trataba de una señal de alarma. Ese toque significaba "¡peligro!".

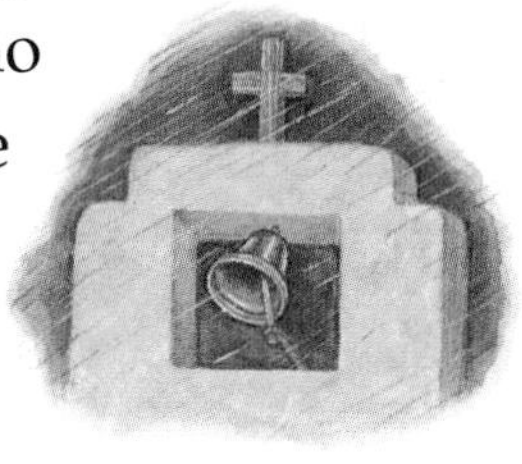

—¡Francisca, Clara, despierten! —gritó Josefina, y enseguida se levantó y empezó a vestirse.

Francisca gruñó y escondió la cabeza bajo las frazadas. Clara se incorporó en la cama: —¿Qué ocurre? —le preguntó a Josefina.

—La campana de la iglesia suena a rebato —contestó su hermana—. ¡Apúrense! Puede que papá nos necesite.

Las hermanas se vistieron a toda prisa. Cuando estaban terminando entró la tía Dolores a buscarlas llevando una pequeña vela. Su voz reposada y seria resaltó sobre el fragor de la tempestad; había en ella una determinación tan tenaz como el repicar de la campana: —Su padre sigue en la aldea. Me recelo que ese toque de campana avisa de una crecida. He despertado a todos los peones. Unos subirán el ganado a tierras altas. Otros van a reforzar con diques las márgenes del río para impedir que se inunden los campos. Ana se quedará con los niños, pero ustedes tendrán que acompañarme. Vamos a salvar todo lo que podamos del huerto.

Las tres hermanas siguieron a su tía. Estaban aún bajo techo cuando el dentado puñal de un relámpago rasgó de pronto el cielo. El brillante destello lo blanqueó todo por un instante. Luego la luz se desvaneció, y la noche se hizo aún más oscura que antes. ¡BUUM! El formidable estallido del trueno resonó con tal fuerza que sacudió la casa. Josefina retrocedió temblando.

—¿Qué sucede? —preguntó la tía Dolores.

—A Josefina le dan miedo los rayos —respondió Francisca.

¡CRAC! Otro relámpago surcó el cielo. Josefina era incapaz de dar un paso. Los rayos la habían asustado siempre. Su madre la comprendía y, cuando había tormenta, la estrechaba entre sus brazos y la envolvía junto a ella en su rebozo. Con una mano le tapaba los ojos para que no viera ni el terrible resplandor ni el abismo de oscuridad que lo seguía. La apretaba con tanta fuerza que el latir de su corazón casi acallaba el estampido del trueno. *¡Mamá!*, pensó Josefina preparándose para la siguiente descarga, *¡ayúdame!*

En aquel preciso instante, Josefina notó sobre sus hombros el vigoroso brazo de su tía Dolores. La llama de la vela chisporroteaba al viento, pero no se apagó. Iluminado por su tenue luz, la niña vio el dulce rostro de su tía: —Ven conmigo, Josefina.

¡CRAC! Otro relámpago surcó el cielo. Josefina era incapaz de dar un paso.

La niña respiró hondo y, aún temblorosa, se apoyó en su tía. Juntas caminaron seguidas por Clara y Francisca. La lluvia apagó la vela, pero Dolores siguió avanzando con paso firme en medio de aquella oscuridad. Condujo a sus sobrinas a través del patio delantero y siguió por el corredor hasta alcanzar el patio trasero. Al pasar frente a las flores de su madre, Josefina recordó las palabras que su tía le había dicho cuando estuvieron trabajando juntas: Confío en ti y sé que lo conseguirás. Los relámpagos rasgaban el cielo y los truenos retumbaban sin cesar. Josefina se estremecía, pero el brazo de Dolores le daba valor. Y a su amparo se mantuvo cuando salieron por el portón trasero y caminaron hasta el huerto.

Carmen, la cocinera, y su esposo, Miguel, ya estaban allí llenando unos grandes canastos con frijoles, chiles y calabazas. El huerto se había convertido en un lodazal y la imagen apenó a Josefina. ¡Lo habían cuidado con tanta devoción durante la primavera y el verano! Lamentaba tener que recoger calabazas aún no del todo maduras, pero sabía que habría sido peor dejarlas allí para que

las aguas las arrastraran o las pudrieran.

¡Y era *tanta* el agua! Un impetuoso torrente fluía a través del huerto, y la lluvia continuaba cayendo a mares. El fango se adhería a los mocasines de Josefina y le salpicaba las piernas. Enseguida quedó empapada hasta los huesos. Tenía las manos cubiertas de lodo y entumecidas por el frío. Sus brazos estaban agotados de recoger calabazas embarradas y le dolía la espalda de cargar con el pesado canasto. A su alrededor centelleaban los relámpagos y reventaban los truenos. Pero Josefina se afanaba en su tarea tratando de olvidar la furia brutal de aquella tormenta.

Tía Dolores confía en mí y no puedo desilusionarla, se decía.

CAPÍTULO
DOS

DE FRAZADAS A BORREGAS

Como había prometido el señor Montoya, al día siguiente el cielo amaneció de un azul limpio y claro. Sólo unas pocas nubes grises se deslizaban como avergonzadas por el horizonte, empujándose unas a otras en su prisa por escapar. Abajo, la tierra mojada centelleaba con el reflejo de aquel cielo azul recién estrenado. Por todas partes corrían minúsculos riachuelos, tan finos como hilos, que desde el cerro trataban de hallar un camino para bajar hasta el río.

El señor Montoya había vuelto de la aldea al amanecer, justo a tiempo para las oraciones de la mañana. Arrodillada frente al altar de la sala familiar, Josefina había dado gracias a Dios por el

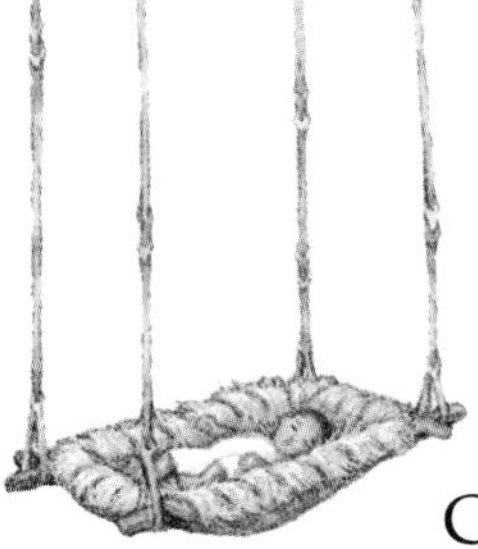

regreso de su padre.

Ahora, la familia estaba reunida en la cocina para el desayuno. Josefina ayudaba a su hermana Clara y a Carmen, la cocinera, a preparar tortillas. Ana mecía suavemente a su hijo pequeño en una cuna que colgaba del techo. Francisca molía maíz. Había puesto un puñado de granos secos en el metate y los trituraba hasta convertirlos en harina gruesa pasando una y otra vez por encima de ellos la mano de piedra. El vaivén de la cuna producía un rítmico *cric, cric* que sonaba acompasado con el dulce y monótono *ras, ras* de la mano en el metate.

mano y metate

El señor Montoya parecía cansado. Dolores le ofreció té de hierbabuena. Él se sentó y, agradecido, bebió un gran sorbo antes de hablar.

—Han hecho un trabajo cabal salvando cuanto pudieron del huerto —dijo—, pero me temo que las nuevas de la aldea no son tan buenas. Llegué a tiempo de salvar el tejado de Magdalena, pero se derrumbó una esquina entera de la iglesia. Algunos paisanos aún no habían recogido sus labores y éstas se han perdido. Las arrastraron las aguas desbordadas del río.

—¡Es una gran fortuna que usted recogiera pronto! —dijo Ana—. Ansina podremos compartir nuestra cosecha con quienes han perdido las suyas. Nadie pasará hambre este invierno.

—Sí, ha sido una gran fortuna... —el señor Montoya hizo una pausa como si no quisiera añadir lo que tenía que anunciar. Finalmente habló con tristeza—: Mas también nosotros hemos sufrido quebranto. Me lo mentaron ayer noche. Parece que los pastores bajaban nuestras borregas desde los pastales de verano que hay en la sierra para llevarlas a los de invierno cerca del rancho. Al comenzar la tormenta tomaron un atajo para ganar tiempo. Justo cuando cruzaban el lecho de un profundo arroyo se les vino encima una riada. Las aguas enfurecidas cubrieron el barranco en un abrir y cerrar de ojos. Tan bravas y tan rápidas bajaban, que las borregas no pudieron escapar. Aunque los pastores arriesgaron sus vidas para salvar cuantas pudieron, las borregas se ahogaron a cientos.

arroyo

Ana sacó al niño de la cuna y lo estrechó contra su pecho. Los demás permanecían quietos mirando

angustiados al señor Montoya. Entonces Josefina se acercó a su padre y le puso una mano en el brazo. Él dio unas palmaditas en la mano de su hija sin apartar la vista del fuego. ¡Tantas ovejas muertas! Josefina sabía que eso era un horrible desastre. ¡Qué cruel había sido la tormenta! El rancho no podía salir adelante sin ovejas. Además de carne, daban lana para tejer y comerciar. ¿Qué haría su padre?

En la voz del señor Montoya se advertía el desaliento: —Las borregas eran de gran valor —dijo—. Mi padre y mi abuelo tardaron años en acumular el rebaño. Pasará mucho tiempo, mucho, antes de que nos recobremos de este descalabro —suspiró—. Será menester empezar de nuevo. Habré de feriar las mulas que criaba. Fuera de ellas no poseo cosa alguna para trocar. Tendré que valerme de las mulas para conseguir nuevas borregas y acrecentar ansina nuestros rebaños.

—Quizá no —dijo la tía Dolores.

Había estado tan callada que casi habían olvidado su presencia. Se dirigió entonces al padre de las niñas, respetuosamente pero con firmeza: —Disculpa mi atrevimiento, pero tal vez no sea menester feriar las mulas. Tal vez puedas usar las viejas borregas para hacerte con otras nuevas.

Todos la miraban fijamente.

—Te ruego que prosigas —dijo el señor Montoya.

La tía Dolores se explicó: —Las borregas te dieron sacos y sacos de lana cuando las trasquilaron la pasada primavera. Tus almacenes rebosan con sus vellones. ¿Y si empleáramos esa lana para tejer cuantas frazadas podamos? Dejaríamos sólo unas pocas para nosotros y trocaríamos las otras por nuevas borregas con la gente de la aldea. Además, también podemos feriar con los indios del poblado.

pueblo

—Pero ellos tejen sus propias frazadas —dijo el señor Montoya—. ¿Por qué habrían de querer más?

—Para feriar con los americanos —contestó Dolores—. Mi padre me platicó que a ellos les place trocar sus bienes por nuestras frazadas. Las tienen en mucha estima por lo cálidas, resistentes y lindas que son.

—No entiendo, tía —dijo Francisca—. ¿Y quién va a tejer todas estas frazadas de las que nos habla?

La tía Dolores sonrió: —Nosotras: tú, tus hermanas y yo. Tejerán las criadas de la casa y cuantas manos capaces haya en el rancho.

Josefina vio que a Francisca no le gustaba esta respuesta y que Clara y Ana dudaban. Pero parecía que su padre estaba considerando seriamente la idea.

—Trocar las frazadas por borregas —dijo pensativo—. Bien podría ser conveniente para todos. Nuestros vecinos nos socorrerían dándonos las borregas que necesitamos. Y *nosotros* los ayudaríamos tejiendo frazadas que *ellos* podrían trocar por las cosas que han menester.

—Eso es —dijo simplemente Dolores.

Ana le dio un ligero codazo a Josefina y arqueó las cejas. Ninguna de las hermanas había visto jamás a su padre hablar de negocios con una mujer. Él era el patrón, el amo del rancho y el cabeza de familia. Nunca había platicado de esos temas con su esposa. El atrevimiento de la tía Dolores, sin embargo, no parecía ofenderlo. Aun así, Josefina no estaba segura de que fuera oportuno por parte de su tía mantener con él una conversación como ésa. Sabía que ella y sus hermanas debían permanecer calladas. Todas sabían que no les correspondía hablar.

Todas menos Francisca, por supuesto: —¡Pero tía Dolores! —protestó—. ¡No veo cómo vamos a tejer más de lo que ya tejemos! ¡Si ahora apenas tenemos tiempo para hacer todas las tareas de la casa!

—Nos levantaremos antes —dijo enérgicamente Dolores—. Si las cuatro ayudaran...

—Josefina no puede —dijo Francisca—, no sabe tejer.

Ana asintió con la cabeza y, por una vez, hasta Clara estuvo de acuerdo con Francisca.

—Eso es cierto —dijo Clara—. Mamá no llegó a enseñarla porque era demasiado chica. *Todavía* es chica para trabajar en el telar grande.

—Mi criada Teresita trabaja en un telar más pequeño que cuelga del techo —replicó la tía—. Estoy segura de que estará dispuesta a enseñar a Josefina. Y sé que Josefina es ya mayor para hacerlo. Ella nos puede ayudar.

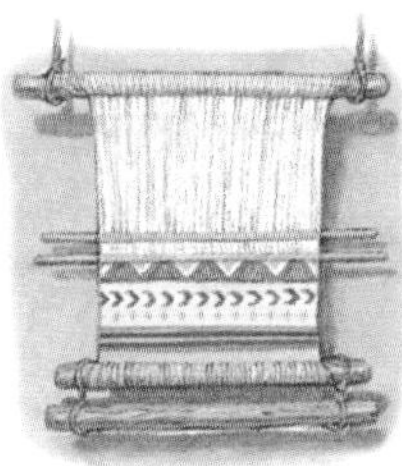

Josefina vio que su padre la observaba. Su sonrisa mostraba el cariño que sentía por ella aunque no estuviera seguro de que ella podría manejar un telar. La niña deseaba vivamente complacer a su padre. Notaba que la idea de la tía Dolores había despertado su interés y le había dado un poco de esperanza. No quería que las dudas de sus hermanas desanimaran a su padre o a su tía. Así que habló con decisión.

—Quisiera aprender a usar el telar pequeño —dijo—, y siempre puedo ayudar a lavar, a cardar y a hilar lana para el telar grande. Sé dónde hallar las plantas que usamos para preparar el tinte con que teñimos la lana y... y mamá solía repetirme que se me daba muy bien deshacer nudos.

El señor Montoya rió a carcajadas. Su risa fue súbita, inesperada, maravillosa.

—Bien —le dijo a Dolores—. Si todas tus tejedoras porfían por trabajar como mi pequeña Josefina, ¡mudarán al punto la lana en frazadas y las frazadas en borregas! ¿Acaso no dicen que de la lana oro mana?

Dolores estaba encantada: —Le pediremos ayuda al Señor —dijo—, y haremos buen uso de sus mercedes. ¿No es cierto, niñas?

Su sonrisa era tan alegre, tan confiada y alentadora, que las cuatro hermanas, ¡incluso Francisca!, no pudieron evitar un "¡sí!" igualmente risueño.

❈

Esa misma tarde, Dolores fue en busca de Teresita acompañada por Josefina.

—Me gustaría que enseñes a tejer a mi sobrina —le dijo.

Teresita trabajaba en un telar que colgaba desde el techo hasta el suelo pegado a una pared. La criada miró a Josefina y sonrió. La sonrisa parecía abarcarle toda la cara porque sus ojos estaban envueltos en arrugas de buen humor.

—Muy bien, señorita Dolores —contestó.

—Gracias. Podrían empezar ya mismo. Como suelo decir: tiempo perdido los santos lo lloran —dijo Dolores antes de marcharse.

Teresita la contempló mientras se alejaba. En el destello de su mirada Josefina adivinó un pensamiento que ella misma tenía: ¡la tía Dolores daba a los santos muy pocas ocasiones de llorar! ¡Ella jamás perdía el tiempo!

Josefina se sentó junto a Teresita y se puso a mirar cómo tejía. Pasado un rato le preguntó: —¿Cómo aprendió usted a tejer?

Teresita habló con voz reposada: —Antes de venir aquí con su tía, yo servía en casa de su abuelo en Santa Fe. Pero cuando era muy chiquita vivía con mi gente, los navajos. Mi madre me enseñó a tejer en un telar como éste. Nunca lo he olvidado, pese a que unos enemigos de los navajos me capturaron y me separaron de mi familia cuando no contaba más años que usted.

Josefina sabía que los navajos vivían en las lejanas montañas y desiertos del oeste: —¿Volvió a ver a su madre? —le preguntó a Teresita.

—Nunca —contestó ella.

—¿Y la echa de menos? —preguntó la niña.

—Sí —dijo Teresita; sus oscuros ojos se encontraron con los de Josefina—. Usted y yo nos parecemos en eso, ¿verdad? Ambas perdimos a nuestras madres a una edad temprana.

Josefina asintió con la cabeza.

—Seguro que usted recuerda las cosas que su madre le enseñó —prosiguió Teresita.

Josefina volvió a asentir: —¡Y tanto! —exclamó Josefina—. Mis hermanas y yo procuramos recordar sus enseñanzas, sus cuentos y sus canciones.

—Bien —dijo Teresita. Después quedó largo rato en silencio mientras su mano acariciaba el telar. Finalmente añadió—: Le contaré una historia que me contó mi madre. Cuando el mundo era nuevo, la Mujer Araña enseñó a los navajos a tejer en un telar como éste. El palo de arriba es la orilla del cielo y el de abajo la orilla de la tierra. Esta vara metida entre los hilos de la urdimbre es un rayo de sol. Le mostraré cómo se hace.

Josefina miraba. El telar parecía una gran arpa. Largos y tirantes hilos de lana unían las orillas del cielo y de la tierra. La vara del sol separaba esos hilos dejando espacio para que Teresita pudiera entrelazar una hebra de lana. Cuando había pasado la lana a través de todos los hilos, Teresita apretaba la hilera hacia abajo para colocarla en el sitio adecuado, tiraba suavemente de la hebra y luego la doblaba para tejer de nuevo en sentido contrario. Las manos de Teresita hacían que aquella labor pareciera fácil. Josefina no podía esperar más: —¿Puedo probar? —preguntó.

Teresita le dio la hebra.

—Recuerde —dijo—, que el cielo, la tierra y el sol ya han trabajado duro para proveernos de esta lana, pues han dejado crecer la hierba que alimenta a las borregas. No se apresuraron, y tampoco usted debe apresurarse.

Josefina trabajó muy, pero muy despacio, pero aun así la hilera que tejió quedó floja y desigual. Teresita la ayudó a deshacerla y a tejerla de nuevo.

La hilera era recta y de color gris pálido, pero en la parte de la frazada tejida por Teresita había un hermoso dibujo formado por bandas, líneas en zigzag, rombos y triángulos. Las líneas en zigzag azul oscuro le recordaban a Josefina las montañas que rodeaban el rancho. Las de color crema que había justo encima eran para ella como la nieve que coronaba esas montañas. Bajo las cordilleras en zigzag flotaban unas formas oscuras tan gráciles

Las manos de Teresita hacían que aquella labor pareciera fácil.

como los gansos salvajes que Josefina veía pasar volando por el cielo otoñal. Teresita había tejido debajo unas figuras doradas que a Josefina le recordaban las hojas de los álamos que caían a su alrededor cuando iba cada mañana al río. Casi todos los colores de la frazada eran suaves: pardos intensos, ligeros tonos de gris o azul o delicados dorados y amarillos. Pero cada pocas hileras, Teresita había entrelazado una hebra que tenía el ardiente color anaranjado de la luna durante la cosecha.

—El dibujo es precioso —dijo Josefina—. Me recuerda a nuestro rancho.

—Sí —dijo Teresita arrugando los ojos con una sonrisa—. Una frazada ha de ser tan linda como el lugar de donde viene —y se quedó un rato pensativa antes de añadir—: Quizá esta frazada viaje hasta los Estados Unidos. Tal vez una niñita la mire y descubra ansina la mucha hermosura de Nuevo México.

A Josefina le gustó la idea: —Lo que más la placerá serán seguramente los hilos colorados, como a mí —dijo—. Resaltan entre todos los demás.

—Bien cierto —dijo Teresita—, pero cada hilo, apagado o brillante, forma parte del dibujo. Cada hilo acrecienta la fuerza y la belleza de toda la frazada.

—Sí —confirmó Josefina—, pero es como si la lana colorada mudara todo lo que hay en derredor. Hace que los demás colores parezcan más lindos.

El primer día, Josefina tuvo que repetir su hilera una y otra vez antes de que estuviera lisa y uniforme. Pero Teresita tenía mucha paciencia y, poco a poco, las manos de Josefina se fueron acostumbrando al tejido. Cuando Josefina acudió a recibir la siguiente lección, Teresita le había dispuesto otro telar para que tejiera sola.

La niña disfrutaba aprendiendo a tejer con Teresita. Era muy agradable pasar la lana entre los hilos y apretar luego la hilera recién tejida para que quedara bien pegada a la hilera de abajo. Parte del goce consistía en saber que cada pasada del hilo iba dando forma a una frazada que permitiría a su padre reemplazar las ovejas perdidas. Josefina estaba contenta y orgullosa de ser útil a su familia. Y como su destreza mejoraba con el paso de los días, se sentía contenta y orgullosa de aprender algo nuevo. *Puede que yo sea la más chica y la más bajita, pero puedo ayudar igual que mis hermanas,* pensaba. *¡Puedo ayudar* *a conseguir que las frazadas se tornen borregas! Tía Dolores tenía razón.*

A veces, mientras tejía, Josefina sonreía pensando en su tía. Le parecía que su tía Dolores era como aquella lana roja tan linda y brillante: cambiaba y realzaba todo lo que había a su alrededor.

Capítulo tres

El chamizo

—¡Síganme! —exclamó alegremente Josefina.

La niña corrió loma arriba con tanta gracia y ligereza como un ave que roza al vuelo las aguas de un riachuelo. En la cima el aire olía a sabina y a piñón. Era puro y fresco, suave y transparente. Josefina se volvió para llamar a sus hermanas: —¡Ya verán! ¡Aquí hay *montones* de chamizo!

Josefina y sus hermanas habían salido a buscar flores, hierbas, raíces, cortezas, bayas y hojas. Con ellas elaboraban los tintes usados para teñir la lana. Teresita le había contado a Josefina que con las flores de chamizo los navajos obtenían distintos tonos de amarillo. Ana, Francisca y Clara avanzaban por el sendero a poca distancia de su hermana. Josefina estaba contenta viendo que ya se acercaba la hora del almuerzo. Sabía que Carmen les había preparado tortillas, cebollas, calabacitas, queso de cabra y ciruelas. La cantimplora estaba llena de agua fresca. Miguel, el esposo de Carmen, que las acompañaba para protegerlas en caso de peligro, cargaba con la comida y el agua.

—¡Ay! —exclamó Ana cuando llegó a lo alto de la loma—. ¡Qué lindo es todo esto!

Josefina pensó que también Ana estaba lindísima. Jadeaba un poco y tenía las mejillas sonrosadas por el viento y el esfuerzo de la subida.

Las cuatro hermanas estaban muy animadas y enseguida se pusieron a recoger chamizo. Era una delicia respirar aquel aire tonificante y disfrutar de un sol tan deslumbrante. Clara, a quien siempre le había gustado tener los pies sobre la tierra, parecía llevar alas en los mocasines. Y a Francisca, normalmente tan cuidadosa con su aspecto, no parecía importarle que una hoja amarilla se enredara en su pelo alborotado por el viento.

chamizo

—Miren —dijo Josefina tomando la hoja y

haciéndola girar por el tallo.

Era de un amarillo tan vivo y luminoso que Josefina pensó en guardarla en su caja de recuerdos junto con la bella pluma de golondrina que había encontrado poco antes. En su caja de recuerdos Josefina conservaba objetos que le recordaban a su madre. Ésta adoraba las golondrinas y también el otoño, cuando las brillantes hojas amarillas resaltaban entre el verde oscuro de las laderas montañosas o chispeaban sobre el intenso azul del cielo. Pero Josefina dejó caer la hoja, pues sabía que no tardaría en volverse parda y desmenuzarse. Atrapada por la brisa, la hoja revoloteó ante su mirada como un pequeño pájaro amarillo.

pluma de golondrina

A Josefina le gustaba el otoño tanto como a su madre. Era una época de mucha actividad en el rancho. Los productos cosechados debían almacenarse adecuadamente para que se conservaran durante el invierno. El almacén rebosaba de ajos, cebollas, frijoles, maíz, calabazas, quesos y carne. En el granero, los depósitos de adobe estaban repletos de cereal para moler. Josefina y sus hermanas habían preparado ristras de calabacitas, manzanas, hierbas y chiles que se secarían colgadas cerca de la chimenea al alcance de las cocineras durante todo el invierno. Josefina siempre había disfrutado con el alegre ajetreo de la cocina en tiempo de cosecha, pero ese día era una delicia estar con sus hermanas al aire libre, en lo alto de aquella loma dorada.

La mañana se pasó volando y, llegado el mediodía, las hermanas se reunieron en torno a la comida que les había preparado Carmen. Miguel eligió en las cercanías un lugar soleado para tomar la siesta mientras las niñas almorzaban. Josefina mordió una ciruela recalentada por el sol. La brisa le levantaba el pelo y le refrescaba la cara.

—Lástima que tía Dolores no haya podido venir —dijo—. Todo esto la complacería mucho.

La tía Dolores había ido a la aldea para llevar comida a unas familias que habían perdido sus cosechas en la riada.

—Lástima... —repitieron Ana y Clara; Francisca tenía la boca llena de tortilla.

Josefina sonrió y, sacando de su canasto un ramillete de chamizo, se puso a imitar a su tía:

—Haremos uso cumplido de estas flores, ¿verdad, niñas? —dijo parodiando sus enérgicas maneras.

Ana y Clara rieron, sobre todo cuando su hermana usó cumplidamente las flores para hacerles cosquillas. Pero Francisca se las arrebató de las manos: —Cuando tía Dolores decide hacer buen uso de algo, al cabo siempre resulta que hay más trabajo para nosotras —refunfuñó—. En los telares, por ejemplo.

Josefina sonrió y dijo: —Pues a *mí* me gusta tejer.

—Claro, es algo nuevo para ti; para mí en cambio es *tan* aburrido —respondió Francisca derrumbándose sobre la hierba y abanicándose con el ramillete—. ¡Estoy agotada!

—Veamos, Francisca —la reprendió Ana con su habitual tono cariñoso y maternal—, ¿dirás acaso que no pones empeño en lo que te gusta, en bailar, por ejemplo? Baila pues mientras tejes. ¡Danza sobre los pedales!

—¡Bailar con telares no se me da nada bien! —dijo Francisca bruscamente.

—Tampoco se te da muy bien tejer en ellos —intervino Clara—. Es el tipo de trabajo lento y minucioso que no va contigo.

Francisca se las arrebató de las manos: —Cuando tía Dolores decide hacer buen uso de algo, al cabo siempre resulta que hay más trabajo para nosotras —refunfuñó.

—¡Trabajo! —exclamó Francisca haciendo una mueca de disgusto—. Pensaba que con tía Dolores íbamos a tener *menos,* no *más* trabajo.

—Tía Dolores nunca nos demanda que hagamos más de lo que ella hace —dijo Clara.

—Muy cierto —respondió Francisca incorporándose—. Y siempre está atareada. Siempre está tratando de arreglar algo, de mejorar algo, de mudar algo... ¡Especialmente a *nosotras!* Siempre nos pincha y espolea para que seamos distintas de lo que somos —Francisca pinchaba el brazo de Clara con el ramillete de chamizo mientras seguía con sus quejas—. Nunca se conforma. Siempre piensa que podemos ser mejores.

—Tía Dolores ha venido a enseñarnos —dijo Ana—. No es una criada.

—¡Por supuesto que no! —confirmó Francisca—. ¡Más bien se cree la patrona! Sólo hay que ver cómo se ha encargado del negocio de frazadas.

Dolores también había asumido la responsabilidad de contabilizar las frazadas que producía el rancho.

—Papá dijo que debíamos reemplazar las borregas —afirmó Ana con calma; después, recogió los restos de comida y las cuatro hermanas iniciaron el descenso acompañadas por Miguel; Ana caminaba junto a Francisca—. Deberíamos mostrarle a tía Dolores nuestra gratitud por su excelente idea y por sus esfuerzos. Nos está ayudando, y eso es *precisamente* lo que le pedimos.

Francisca frunció el ceño: —La ayuda que nos presta no es *precisamente* lo que yo esperaba —dijo—. Y tampoco ella es lo que esperaba. Parece distinta desde que llegó a casa.

—¡Sí! —exclamó Josefina; la niña se volteó y caminó unos pasos hacia atrás de cara a sus hermanas—. Yo la veo más dichosa.

—Yo también —dijo Ana—. Tiene un aire más alegre y hasta parece más guapa. No está tan flaca y tan pálida como antes.

—No cuida de su piel, y se le está poniendo áspera y colorada —dijo Francisca, que era muy presumida.

A Josefina no le gustaba que Francisca criticara a su tía: —¿Por qué hablas ansina de ella? —le preguntó—. ¿Acaso no decías antes que era muy elegante y que vestía muy bien?

—Ahora nunca lleva esas prendas tan hermosas,

sólo se pone ropa de labor —Francisca meneó la cabeza y agregó tristemente—: Se me hace que dentro de poco no vestiremos *más* que ropa gastada, trapos de diario.

—¡Tendrías un hermoso vestido nuevo si de una vez resolvieras acabarlo! —replicó Clara.

Francisca no le hizo caso: —Tía Dolores ha decidido tejer frazadas con toda la lana de la casa —dijo—. Seguro que ni siquiera reservará algo para que nos hagamos unas bandas nuevas. Y no lo digo porque nuestro aspecto tenga ahora demasiada importancia. ¡Últimamente sólo hay tiempo para el trabajo! Estamos en pie mucho antes de que amanezca...

—¡Ahora caigo! —dijo Ana—. ¡Estás tan gruñona porque has de levantarte temprano! —Ana, Clara y Josefina se miraron disimulando una sonrisa; no era un secreto que a Francisca solían pegársele las sábanas. Ana continuó—: Mamá decía que nadie tenía un carácter más dulce que el tuyo, Francisca... siempre que te hubieras hartado de dormir.

Josefina advirtió que una extraña expresión se dibujó en el rostro de Francisca cuando Ana mencionó a su madre. Francisca iba a decir algo, pero luego cambió de parecer y se mantuvo en silencio.

Josefina le tomó una mano y la fue meciendo al tiempo que caminaban: —¿Recuerdas las mañanitas que te cantaba mamá para despertarte? —le preguntó.

Aquella rara expresión volvió a brotar fugazmente en la cara de Francisca. Entonces empezó a cantar: —"Ya viene amaneciendo..." ¿Cómo era? —preguntó interrumpiendo el canto—. La he olvidado. Cántamela tú, Josefina.

Josefina entonó la canción:

Ya viene amaneciendo,
ya la luz del día nos dio.
Levántate de mañana,
mira que ya amaneció.

La niña cantó con su voz clara y melodiosa mientras bajaban la loma. Cuando alcanzaron la huerta, la tía Dolores salió a su encuentro. Caminaba hacia ellas dando sus animosas zancadas de siempre. Llevaba un canasto lleno de manzanas. Varios

rizos de color castaño rojizo le asomaban por el rebozo y su falda ondeaba al viento.

—¡Cuánto me place oírte cantar, Josefina! —dijo sonriendo—. Tal vez quieras cantar un villancico para toda la aldea en la misa de Navidad de este año.

Josefina pudo notar cómo la sonrisa se desvanecía de su cara: —¡Ni pensarlo! —exclamó con excesiva brusquedad a causa de la sorpresa; después continuó en tono más respetuoso—: Discúlpeme, tía, pero creo que no, se lo agradezco mucho.

—¿Por qué? —preguntó Dolores—. Una voz tan linda es un don de nuestro Señor. Él sin duda espera que la emplees para deleitar a tus semejantes, sobre todo cuando le rindes culto.

Josefina tembló al imaginar lo que sentiría cantando absolutamente sola frente a las miradas y los oídos de todo el mundo. Aquello era más estremecedor que un relámpago: —Lo... lo siento —balbuceó—. No... *no puedo.*

Dolores miró fijamente a su sobrina: —Dirás que *no quieres.* Pero tal vez algún día cambies de idea.

Josefina notó una punzada en el brazo. Era Francisca, que la pinchaba con el ramillete de chamizo arqueando una ceja. Su mirada decía: *¿Ves? ¿No te dije que tía Dolores está siempre pinchando y fastidiando para que seamos distintas? ¿Tenía o no razón?*

Capítulo
Cuatro

Amor primero

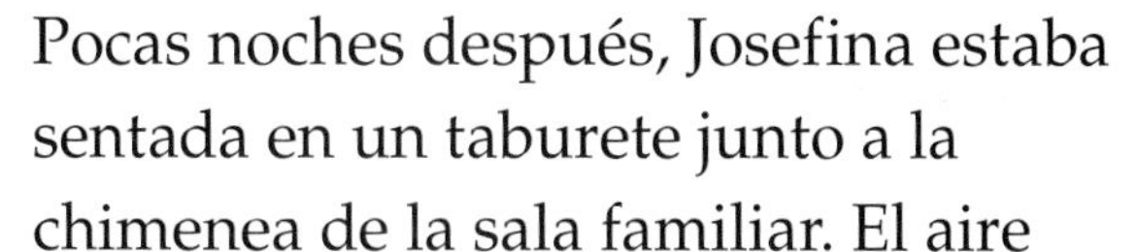

malacate

Pocas noches después, Josefina estaba sentada en un taburete junto a la chimenea de la sala familiar. El aire fresco de la noche anunciaba ya la proximidad de los fríos invernales. La niña encogió los dedos de los pies en el interior de sus cálidas medias de punto. Estaba hilando lana en compañía de Clara. En unos largos husos llamados "malacates" enrollaban el hilo que obtenían retorciendo largas hebras tomadas de un copo de lana. Sentada a poca distancia, Francisca cosía el vistoso traje que, como había señalado Clara, *seguía* sin terminar. Ana estaba acostando a sus hijos.

La tía Dolores se inclinaba sobre su escritorio concentrada en el trabajo. *Ric, rac, ric, rac.* A Josefina le encantaba el ruido que hacía la pluma de ganso al rozar las hojas del libro donde su tía llevaba las cuentas del negocio. Como el papel y la tinta eran muy valiosos, Dolores trazaba unos números diminutos y aprovechaba hasta la última pulgada de cada página. El señor Montoya la contemplaba en silencio sentado junto a una mesa cercana.

Josefina examinó la sala. *Un piano, un escritorio, papel, pluma, tinta, ¡y un libro de cuentas!*, *pensó. ¡Tía Dolores ha traído tantas cosas nuevas a esta sala, que mamá ni siquiera la reconocería!* Pero los objetos de Dolores no eran los únicos cambios. Su padre tenía también otro aspecto. Su cara no parecía tan fatigada, como si la pena le doliera menos que antes.

—¡Ya está! —exclamó Dolores, soltando la pluma con satisfacción—. ¿Tendrías la gentileza de echar una ojeada a las cuentas? —le preguntó al señor Montoya.

—Ciertamente —respondió éste.

Dolores llevó el libro a la mesa y ambos lo revisaron juntos.

—Aquí están los sacos de lana que tenemos —explicó ella señalando una de las columnas del libro—. Y aquí el número de frazadas que, según calculo, podemos tejer. Esta cifra son las borregas que podríamos conseguir a cambio de las frazadas.

El señor Montoya asentía con la cabeza:
—Excelente —dijo—. Con la ayuda de Dios será un próspero negocio. En verdad te lo agradezco, Dolores.

—Tus hijas se han afanado mucho —dijo ella.

—Sí, ellas tejen, pero eres tú quien se ha ocupado de esto —dijo el señor Montoya dando una palmada sobre el libro—. Es gran fortuna que sepas leer y escribir.

—Me enseñó mi tía cuando vivía con ella en la ciudad —Dolores reflexionó un instante y luego añadió—: Y ahora, si me das la venia, me gustaría enseñar a tus hijas a leer y a escribir. Ansina podrán gobernar el negocio cuando yo me haya marchado.

Francisca tragó aire. Josefina advirtió que ese resuello significaba disgusto ante la idea de una nueva ocupación. Por si fuera poco lo que ya hacían, ¡ahora encima iban a recibir clases de lectura!

Dolores también debió de oír y comprender el resuello, porque dijo: —Las lecciones no prolongarán nuestra jornada; tengo aquí un silabario que truje de la ciudad. Lo estudiaremos cuando nos reunamos de noche junto al fuego. Sacaremos el *máximo* provecho de nuestras veladas.

Francisca levantó la voz con insolencia: —No veo por qué habría de aprender a leer y escribir. No tengo tiempo para leer libros y nadie manda cartas que me interesen.

Dolores sonrió: —¡Pero pronto lo harán, Francisca! Tu padre no tardará en recibir cartas de tus pretendientes.

—¡Bah! —exclamó Francisca con desdén—. ¡No pienso leerlas! Y a quien me proponga casamiento le daré calabazas.

—Eso es cierto —afirmó Clara—. ¡Ya lo ha hecho antes!

En efecto, un mozo le había pedido matrimonio y ella había seguido la vieja costumbre de darle unas calabazas para mostrar que no estaba interesada.

—Las cartas de galanteo pueden ser muy convincentes —dijo Dolores—. ¡Su padre conquistó el corazón de mi hermana con sus cartas!

Los negros ojos de Francisca miraron implacables: —Mamá no sabía leer.

—En efecto —respondió Dolores—, pero

siempre dijo que adoraba la estupenda rúbrica que tu padre dibujaba al firmar.

El señor Montoya rió: —Yo era un jovenzuelo de poco juicio —dijo—. Entonces se estilaban unas rúbricas muy floreadas para que la firma se distinguiera y probar ansina que se era gente de categoría. Ahora ya no me entretengo con filigranas.

—¡Por favor, papá, enséñenos cómo lo hacía! —le pidió Josefina.

El señor Montoya negó con una sonrisa: —No, no, sería malgastar papel.

—¡No te preocupes por eso! —exclamó Dolores, ofreciéndole la pluma y el tintero de cristal verde.

—De acuerdo pues —dijo complaciente el señor Montoya.

Josefina se acercó a él y Clara se asomó por detrás. El padre de las niñas escribió primero su nombre con letras muy tiesas y elegantes. Después, trazó debajo unas airosas espirales y unas ondas que parecían enroscarse formando una larga cinta.

—¡Qué hermosa es, papá! —dijo Josefina; y volviéndose hacia su tía preguntó—: ¿De verdad aprenderemos a escribir ansina?

—¡Sí, señorita! —respondió Dolores—.

El padre de las niñas escribió primero su nombre con letras muy tiesas y elegantes. Después, trazó debajo unas airosas espirales y unas ondas que parecían enroscarse formando una larga cinta.

Empezaremos mañana.

Josefina tenía los ojos clavados en la delicada letra de su padre. Después levantó la vista para sonreír a Francisca. ¡Seguro que a su hermana le encantaría aprender a hacer algo tan fino y primoroso! Pero Francisca ya no estaba allí. Había salido con gran sigilo sin dar las buenas noches ni esperar la bendición de su padre.

❋

Algo despertó a Josefina en plena noche. Fue tan sólo un leve ruido, pero la intrigada niña se incorporó en la cama, ladeó la cabeza y aguzó el oído. Cuando sus ojos se acostumbraron a la oscuridad, vio que Francisca no estaba acostada. Sin hacer ruido para no despertar a Clara, se calzó los mocasines, se envolvió en su frazada y se deslizó fuera del dormitorio. Francisca estaba sentada en el patio, cubierta también con una frazada. No había luna, pero las estrellas eran tan grandes y brillantes que Josefina acertó a distinguir su cara. Estaba bañada en lágrimas.

Aquello asombró a Josefina. No había visto

llorar a Francisca desde la muerte de su madre:
—Francisca —susurró acercándose a su hermana—, ¿qué te ocurre?

—Vete —respondió Francisca con aspereza.

Josefina se arrodilló junto a ella: —¿Te encuentras mal? —le preguntó—. ¿Estás enferma? ¿Voy en busca de tía Dolores?

—¡No! —aulló Francisca sobresaltando a Josefina— ¡Estoy harta de tía Dolores! —añadió secamente.

—¿Qué quieres decir? —le preguntó Josefina.

Francisca se secó las lágrimas de las mejillas con una mano inquieta: —¿No ves lo que pasa? —preguntó—. ¿Acaso sus elogios por lo bien que coses y tejes te han cegado? ¿Te ha calentado tanto la cabeza que ya no te importa cómo está mudándolo todo? Ya nada es igual que cuando mamá vivía —la tristeza sustituyó de pronto a la amargura en la voz de Francisca—. Cada cambio parece apartarnos más y más de mamá. Cada cambio me hace sentir que la pierdo de nuevo. ¡Ay, Josefina, cuánto la echo de menos!

—Yo también la echo de menos —dijo ardorosamente Josefina; sentía en carne propia el

dolor de su hermana y ahora comprendía el auténtico motivo de sus quejas—. Yo también añoro a mamá —dijo tratando de consolarla—. Pero tía Dolores es buena y amable. Sólo quiere ayudarnos.

—¡Ayudarnos a cambiar! —dijo Francisca—. Ahora nos obliga a aprender a leer y a escribir. Mamá ni leía ni escribía. Ella no le pidió a *nadie* que nos enseñara a leer y a escribir. Leer y escribir es otra manera de alejarnos de mamá, otra manera de ocupar nuestra cabeza y nuestro corazón para que en ellos mamá no tenga lugar. Empezaremos a olvidarla. Ya hemos empezado.

—¡No es cierto, Francisca! —exclamó Josefina.

Un oscuro temor se apoderó sin embargo de su mente. ¿Tendría razón Francisca? Era verdad que la tía Dolores había cambiado sus vidas. Josefina misma había cambiado. ¿Acaso no había vencido su miedo a los relámpagos? ¿Acaso no había aprendido a tejer? ¿Pero era también verdad que esas nuevas ideas y actitudes habían desplazado a las viejas? ¿*Estaba* la tía Dolores haciendo que olvidaran a su madre?

Francisca se enderezó: —No voy a hacerlo, no voy a aprender a leer —afirmó resuelta. Después se levantó y, bajando la vista, miró a Josefina—. Tú sabrás lo que haces. Decide por ti misma —le dijo antes de marcharse.

Josefina se quedó sola en el patio contemplando la negra inmensidad del cielo. Era como un mar por el que ella navegaba a la deriva. Las estrellas parecían cercarla desde arriba, desde abajo, desde todas partes. Se sentía perdida. Francisca había insinuado que aprender a leer era una traición a su madre, que debía elegir entre su madre y su tía, entre lo viejo y lo nuevo.

¿Qué debo hacer, mamá?, preguntó la niña. Pero sabía que no obtendría respuesta alguna. Las

estrellas permanecían en un silencio total.

❀

Los días de lavar, Josefina acostumbraba a ir hasta el río cantando y saltando. Esa mañana, en cambio, caminaba abatida pensando en la conversación que había tenido con Francisca la noche anterior.

Su tía la esperaba junto a la orilla: —¡Por fin llegas, Josefina! —exclamó alegremente—. Estás muy callada esta mañana. ¿Dónde están tus hermanas?

—Están ayudando a Carmen en la cocina —respondió la niña.

—¡Muy bien! —dijo Dolores—. Entonces, cuando hayamos terminado de lavar, tú recibirás la primera clase de lectura.

La niña intentó sonreír.

Si se dio cuenta de que Josefina no prestaba demasiada atención a la ropa que lavaba, Dolores tuvo la cortesía de no mencionarlo. Ambas trabajaban sumidas en un desacostumbrado silencio. Dolores extendió sobre un arbusto una prenda blanca recién lavada. En la misma mata se secaban

ya tres piezas blancas: —¡Mira, Josefina! —dijo con voz risueña—. ¡Cuatro palomas blancas posadas sobre un romero!

La cara de Josefina se iluminó por primera vez ese día: —¡Ah, sí! —exclamó—. Mamá recitaba en ocasiones esa poesía. ¿Cómo era? —preguntó rebuscando en su memoria—. "Cuatro palomas blancas posadas sobre un romero... se decían... se decían... —la niña titubeó—. No me acuerdo de lo demás —concluyó con tristeza.

Dolores se encogió de hombros: —No importa —dijo extendiendo otra prenda en el arbusto.

Josefina suspiró con tal fuerza y pesadumbre que Dolores se volvió con mirada interrogante.

—¡Ay, tía! —exclamó la niña desconsolada—. Sí que importa. En mi caja puedo guardar recuerdos de mamá, pero no soy capaz de guardar sus palabras en ningún sitio; estoy empezando a olvidarlas. Me asusta pensar que podría olvidarla también a ella.

Dolores escuchaba observando con cariño a su sobrina. Cuando ésta terminó, se secó las manos en la falda y le dijo: —Ven conmigo.

Josefina casi tuvo que correr para seguir a su tía,

que a grandes zancadas la condujo de vuelta a la casa. En la sala esperaba el escritorio instalado en su plataforma. Sin decir una palabra, Dolores abrió la tapa. De un compartimiento secreto en una de las gavetas sacó un librito encuadernado en una piel parda y suave y se lo entregó a Josefina.

La niña fue pasando las hojas con gran cuidado. No podía leer aquellas palabras, pero en bastantes páginas había pequeños dibujos. Josefina se detuvo ante una ilustración que representaba a cuatro pájaros blancos posados en una mata.

Dolores leyó el texto en voz alta:

Cuatro palomitas blancas
sentadas en un romero
Una a la otra se decían:
"No hay amor como el primero."

Josefina escuchó recordando cómo la querida voz de su madre, tan delicada, tan tierna y cantarina, pronunciaba aquellas mismas palabras.

—Tu madre no sabía ni leer ni escribir —dijo Dolores—. Aprendió este poema oyendo recitar a tu abuelo cuando éramos chicas. Yo hice este libro en la Ciudad de México. Escribí rezos, poesías, canciones, relatos y hasta dichos graciosos que nos gustaban a mi hermana y a mí cuando éramos niñas. Este libro me ayudó a sentirme cerca de ella a pesar de la distancia —Dolores sonrió a Josefina—. Cuando sepas leer y escribir abrirás las páginas de este libro y hallarás siempre las palabras de tu madre. En esas páginas podrás escribir las cosas que ella decía. Aquí guardarás sus palabras para que nunca se te pierdan.

Josefina sonrió aliviada. No cabía en sí de gozo. Tenía la sensación de que era su madre misma quien había dado respuesta a sus dudas, quien la incitaba a leer y a escribir. Francisca estaba equivocada. Leer y escribir no las apartaría de su madre. Por el contrario, las ayudaría a recordarla.

—Tía, ¡le ruego que me enseñe a leer este libro! —exclamó Josefina.

—¡Éste y todos! —respondió Dolores—. La lectura es una manera de conservar el pasado, de viajar a lugares remotos, de conocer mundos inalcanzables a nuestra corta experiencia. ¡Descubrirás libros más principales que éste! Pero tal vez desees guardar este librito con tu caja de

Cuando sepas leer y escribir abrirás las páginas de este libro y hallarás siempre las palabras de tu madre.

recuerdos y tenerlo para ti sola.

—No, muchas gracias —dijo Josefina con una leve sonrisa—. ¡Ansina no haríamos buen uso de sus páginas! Creo que debería guardarlo usted y leérnoslo de cuando en cuando.

—Muy bien —dijo la tía Dolores.

—¿Pero me lo prestaría un momento? —preguntó Josefina—. Tendré mucho cuidado.

—¡Por supuesto! —respondió su tía.

—Gracias —dijo Josefina.

Con paso ligero y corazón alegre, Josefina salió en busca de Francisca. La encontró barriendo en la cocina: —¡Mira! —exclamó casi sin aliento; luego abrió el librito de Dolores por la página donde aparecían dibujadas las palomas—. Aquí está esa poesía de mamá que habla de cuatro palomas —continuó—. ¿La recuerdas?

Francisca pensó durante un instante: —Sólo el último verso —respondió—. Creo que terminaba ansina: "No hay amor como el primero".

—¡Justo! —dijo Josefina—. El libro está lleno de rezos y poesías y refranes de mamá. Lo hizo tía Dolores. ¿Te das cuenta, Francisca? Leer el libro será como oír la voz de mamá. Y cuando sepamos escribir podremos añadir las cosas que ella nos decía. Aquí guardaremos sus palabras para siempre.

Josefina puso el libro en las manos de Francisca. Su hermana lo miró sonriendo. Aunque no dijo nada, los ojos le brillaban.

Josefina también sonreía: —Ven —dijo—, tal vez tía Dolores nos lea algo más.

Las dos se apresuraron a la sala.

—Tía —dijo Josefina—, a Francisca le gustaría que usted le leyera algo de mamá. ¿Podría hacerlo?

—Nada me complacería más —respondió Dolores—. Pero antes quisiera escribir sus nombres en el libro.

Francisca y Josefina observaron impacientes cómo Dolores hundía su pluma en el tintero. *Ric, rac,* la pluma avanzó por la hoja del librito.

—Francisca, he aquí tu nombre —dijo por fin—. Y ahora escribiré el tuyo, Josefina.

—Póngale una rúbrica bien floreada —dijo Francisca—, ¡para mostrar que es persona de categoría!

—¡Descuida! —contestó Dolores.

Y esto fue lo que escribió:

María Josefina Montoya

En
el año
1824

UN VISTAZO AL PASADO

La escuela en 1824

Cuando Josefina era niña, muy pocas poblaciones de Nuevo México tenían escuela. Sólo unas pocas familias adineradas podían permitirse el lujo de contratar a un maestro particular para sus hijos o de mandarlos a las escuelas y universidades de la Ciudad de México. Algunas aldeas de los indios pueblo contaban con misiones católicas donde los sacerdotes enseñaban. Sin embargo, la mayoría de los colonos que sabían leer y escribir aprendían, como Josefina, gracias a un familiar que enseñaba en el hogar.

Este escritorio es sencillo y sin adorno por fuera, pero por dentro tiene numerosas gavetas y está bellamente ornamentado con tallas y pinturas.

En la época de Josefina, los niños debían aprender a leer antes de aprender a escribir. Los estudiantes

A.a. Ar-bol.
E.e. Es-cu-di-lla.
I.i. In-di-e-ci-to.
O.o. O-lla.
U.u. U-bas.
B.b. Bom-bi-tas.
C.c. Cal-zo-nes.
D.d. Da-ñ-les.
F.f. Flo-res.
G.g. Gui-tar-ra.
H.h. Has-tas.
CH.ch. Chu-pa.
J.j. Ja-mon.
L.l. Lo-ri-to.
LL.ll. Llu-vi-a.
M.m. Ma-ce-ta.
N.n. Nu-be.
Ñ.ñ. Ñu-do: ó nu-do
P.p. Pe-lo-ta.
Q.q. Que-so.
R.r. Ra-bo.
S.s. Som-bre-ro.
T.t. Tam-bor.
V.v. Vi-o-lin
X.x. Xi-ca-ra.
Y.y. Ye-gua.
Z.z. Za-pa-to.

En esta página de un ***silabario*** *se enumeran palabras que empiezan con cada una de las letras del alfabeto.*

iniciaban su aprendizaje con unos silabarios donde aparecían y se ilustraban palabras de uso corriente. Cuando mejoraba su destreza practicaban la lectura con libros de oraciones, o devocionarios.

Para escribir se usaba entonces una pluma de ave. Su punta se mojaba en una tinta elaborada con carbón, hollín o tinta en polvo mezclada con agua. Algunos colonos la guardaban en delicados tinteros de plata o porcelana, pero muchos utilizaban como recipiente un cuerno de venado vaciado y cerrado con un tapón de madera. Un escritorio como el de la tía Dolores era, en esa época, una posesión muy preciada.

pluma y tintero

El papel y los libros eran también muy valiosos. Las familias que tenían libros los estimaban como un tesoro porque resultaban muy difíciles de conseguir. Antes de alcanzar Nuevo México

Este ***devocionario****, impreso en la Ciudad de México en 1723, perteneció a una familia de Nuevo México.*

La gran novela española Don Quijote de la Mancha *era uno de los libros más apreciados en la época de Josefina. En esta ilustración vemos a su protagonista, Don Quijote, partiendo a la aventura con su fiel escudero, Sancho Panza.*

debían recorrer cientos de millas por el Camino Real, la senda de carromatos que conectaba Santa Fe con la Ciudad de México. Aun así, bastantes colonos poseían devocionarios, y algunos tenían incluso libros de historia, ciencia, derecho, agricultura, poesía y literatura popular.

La redacción de testamentos, sumarios, sentencias y otros documentos legales tenía considerable importancia en Nuevo México. Al igual que el señor Montoya, la gente al firmar añadía a su nombre una rúbrica muy personal. Los elaborados trazos de esa rúbrica facilitaban el reconocimiento de la firma y dificultaban su falsificación.

¿Puedes leer estas firmas de mujeres que vivieron en la época de Josefina? Pertenecen a María Martínez, doña Leonor Domínguez y Josefa Madrid.

Aprendieran o no a leer y escribir, los nuevomexicanos recibían una educación muy diversa durante su infancia. Las niñas aprendían de su madre, sus tías y sus abuelas las artes necesarias para manejar un hogar. A los nueve años, una niña como Josefina cosía, hilaba, tejía, cocinaba, cuidaba la huerta y conservaba alimentos para el invierno con bastante destreza. Casi todos los muchachos aprendían a realizar labores agrícolas o ganaderas: sembraban y regaban los campos, recogían las cosechas, pastoreaban los rebaños y reparaban viviendas y herramientas agrícolas. Algunos se hacían *aprendices,* es decir, adquirían un oficio de tejedor, herrero o sastre, trabajando en el taller de un artesano.

Niña cosiendo en el patio de su casa. Las mujeres aprendían a realizar las tareas domésticas a una edad muy temprana.

Muchacho aprendiendo a regar los campos de la familia. Su padre le está mostrando cómo se abre la compuerta de una ***acequia*** *para que las aguas afluyan al sembrado. La agricultura de Nuevo México dependía del agua canalizada en las acequias.*

Los habitantes de Nuevo México también les inculcaban a sus hijos la fe en Dios y los preceptos de la religión católica. Casi todas las familias se reunían a rezar por la mañana y a la caída de la tarde. Los hijos aprendían sus oraciones desde muy chicos y a veces eran instruidos por sacerdotes. En tiempos de Josefina, las poblaciones más pequeñas recibían, por lo general, la visita de un cura sólo unas pocas veces al año; pero en lugares más poblados, como la villa de Santa Fe, vivían sacerdotes que daban clases de religión y de otras materias a lo largo de todo el año.

Muchos hogares contaban con un sencillo altar donde la familia se reunía a rezar todos los días.

En este grabado de la década de 1870 aparece un sacerdote instruyendo a un grupo de niños. En Santa Fe y otras poblaciones importantes se daban clases muy parecidas a ésta.

Los niños aprendían buenos modales y normas de cortesía por medio de relatos ejemplares, fábulas, refranes y dichos. La tía Dolores les repetía a sus sobrinas el dicho "Tiempo perdido los santos lo lloran" para recordarles que debían ser trabajadoras y diligentes. Aunque no supieran ni leer ni escribir, los colonos de Nuevo México conocían y enseñaban a sus hijos infinidad de historias, proverbios, canciones y poemas.

En casi todos los acontecimientos sociales (fiestas religiosas, bailes, bodas, bautizos) actuaban músicos o poetas, y en ciertas ocasiones los vecinos de una villa o aldea representaban obras de teatro popular. Algunas de esas obras, canciones y poemas trataban de asuntos religiosos; otras narraban hazañas de los reyes españoles o episodios de la historia de España.

Muchas de las canciones de Nuevo México trataban sobre la historia y la fe de los colonos. Los músicos las interpretaban en todo tipo de fiestas y ceremonias.

Este conjunto de tradiciones era un medio útil y divertido de enseñar a los niños tanto la historia de su pueblo como los valores que los colonos nuevomexicanos consideraban importantes.